NOTES DE VOYAGE

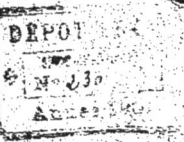

CROISIÈRE EN GRÈCE, TURQUIE, ROUMANIE & CRIMÉE

(SEPTEMBRE 1909)

CONFÉRENCE FAITE A LA SOCIÉTÉ NORMANDE DE GÉOGRAPHIE

Par M. Fernand ROBILLARD

Président honoraire de la Société

ROUEN

IMPRIMERIE E. CAGNIARD (Léon Gy, successeur)

Rues Jeanne-Darc, 88, et des Basnage, 5

1911

NOTES DE VOYAGE

CROISIÈRE EN GRÈCE, TURQUIE, ROUMANIE & CRIMÉE

(SEPTEMBRE 1909)

CONFÉRENCE FAITE A LA SOCIÉTÉ NORMANDE DE GÉOGRAPHIE

Par M. Fernand ROBILLARD

Président honoraire de la Société

ROUEN

IMPRIMERIE E. CAGNIARD (Léon GY, successeur)

Rues Jeanne-Darc, 88, et des Basnage, 5

—

1911

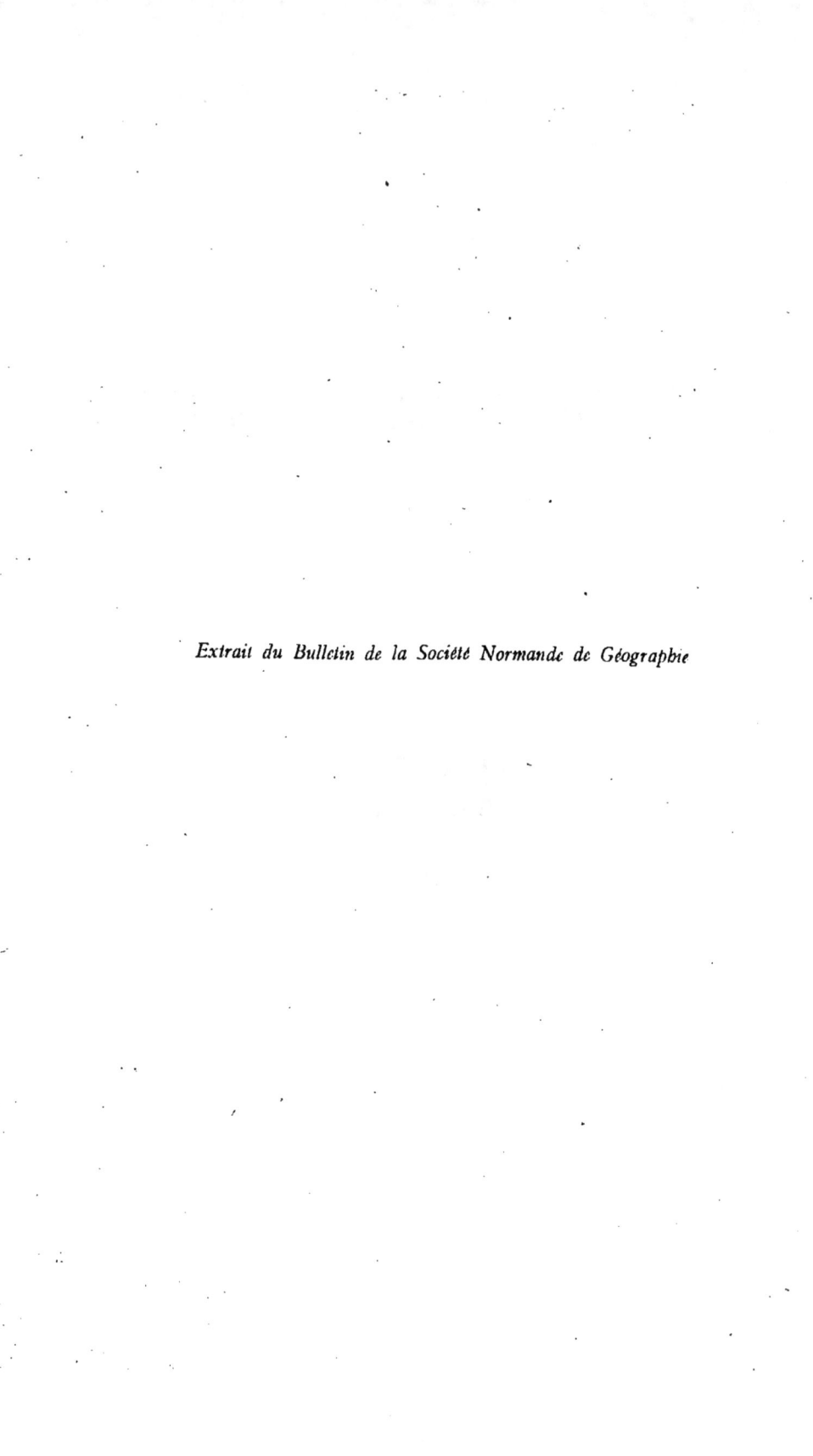

Extrait du Bulletin de la Société Normande de Géographie

NOTES DE VOYAGE

CROISIÈRE EN GRÈCE, TURQUIE, ROUMANIE & CRIMÉE

(SEPTEMBRE 1909)

Conférence de M. F. ROBILLARD

MESDAMES, MESSIEURS,

Ce n'est pas, je vous assure, sans beaucoup d'hésitation que, cédant aux instances de notre cher Président, j'ai accepté de faire cette causerie ; vous avez l'habitude d'entendre d'éloquents conférenciers ou bien de hardis explorateurs qui, revenant de pays inconnus, viennent vous donner la primeur de leurs découvertes : or je ne suis ni un conférencier, ni un explorateur, mais un modeste touriste qui ne peut vous apporter ici que de simples notes de voyage à travers des pays bien connus, à la portée de tout le monde. Quelle que soit votre indulgence, j'ai grand peur de ne pas vous intéresser, je tâcherai au moins de vous distraire de votre ennui par quelques projections.

La *Revue générale des Sciences* que dirige un elbeuvien, M. Louis Olivier, organise chaque année, à bord du paquebot-yacht *Ile-de-France*, spécialement aménagé à cet effet, des croisières qui sont tout à la fois des voyages de plaisir et d'étude. Le programme de la croisière des dernières vacances offrait un attrait particulier : on devait aller en Turquie, en Roumanie, en Crimée et en Bulgarie, c'est-à-dire dans les régions actuellement les plus intéressantes de l'Europe. La transformation profonde qui s'opère en ces pays, relativement peu visités, les impose à l'attention des voyageurs : la Roumanie, en particulier, dont le développement économique a fait depuis quelques années des progrès extraordinaires, est bien digne à tous égards d'attirer les voyageurs.

Aussi rarement l'*Ile-de-France* avait compté plus de passagers : des savants de spécialités diverses, des ingénieurs, des médecins, des industriels avaient répondu à l'appel de M. Olivier, ainsi que nombre de dames et de jeunes filles ; bref, nous étions 206 touristes à bord lorsque le 14 septembre dernier, de grand matin, l'*Ile-de-France* quitta le port de Marseille. Dès l'après-midi, nous longions les côtes de Corse, et le lendemain, par un temps admirable, nous arrivions en Campanie : après nous être remplis les yeux de la beauté sereine de la baie de Naples, toute ruisselante de lumière sous la chaude ardeur du jour ; après avoir admiré le site enchanteur de Capri, nous jettions l'ancre, pour quelques heures, devant Amalfi. Rien de pittoresque comme cette petite ville du golfe de Salerne, accrochée aux roches presque à pic, rien de délicieux comme une promenade à travers ses vieilles rues étroites et ses merveilleux jardins de citronniers. Et puis il faut grimper à l'ancien couvent des Capuccini, aujourd'hui transformé en hôtel ; la vue, dont on jouit de la terrasse, est unique au monde ; nous serions tous restés là indéfinimeñt si la cloche de l'*Ile-de-France* ne nous avait pas rappelés à bord, beaucoup trop tôt à notre gré.

Une nuit nous suffit pour gagner la Sicile et, dans la matinée, nous débarquions à Messine. Quelle accumulation de ruines ! sur la foi des journaux, nous pensions que la malheureuse ville, jadis si opulente, s'était déjà en grande partie relevée : hélas ! il n'en était rien encore à l'époque de notre visite, c'est à peine si deux des principales rues, l'une parallèle à la mer, l'autre perpendiculaire, avaient été à peu près déblayées ; partout ailleurs on ne voyait que des monceaux de décombres entassés, sous lesquels restaient ensevelis des milliers de victimes ; pas une maison intacte, uniquement des ruines ; à croire que la terrible catastrophe avait eu lieu la veille. Et cependant la vie renait au milieu des murs croulants, partout où l'on a trouvé un espace libre, sur les places, dans les squares, dans les jardins privés, on a construit des baraquements : c'est là que s'entasse ce qui reste de la population. Rien d'émouvant, je vous assure, rien d'angoissant comme le spectacle de tant de misères sous un soleil resplendissant, au milieu de toutes les beautés de la nature.

Deux heures de mer, juste le temps de déjeuner à bord, et nous voici en face de Giardini ; l'ancre est jeté, les chaloupes descendues nous mènent rapidement à terre, où des voitures nous attendent pour nous conduire par de nombreux lacets à Taormine.

Taormine s'élève à 200 mètres au-dessus de la mer, dans un site splendide, avec de vieilles fortifications et un vieux château ; mais sa principale curiosité est son théâtre antique, d'origine grecque, qui se dresse sur une hauteur, à l'Est de la ville, c'est l'un des monuments les plus intéressants de la Sicile. Nous nous empressons d'y monter. Du haut de ces gradins en ruines la vue est magnifique; elle plonge sur une longue suite de côtes déchiquetées, sur tout le détroit, les plaines de la Calabre, la cime neigeuse de l'Etna dominant tout le paysage.

Ruines de l'île de Délos.

Pendant que nous sommes disséminés dans toutes les parties de l'immense amphithéâtre, l'un des nôtres, M. Baillet, ancien sociétaire de la Comédie française, s'est placé sur la scène et, de sa voix chaude et bien timbrée, il récite des vers de Victor Hugo : pas un mot, pas une syllabe ne nous échappe. Combien de nos théâtres modernes jouissent de pareille acoustique?

Mais le temps passe, il nous faut redescendre et regagner notre navire qui reprend immédiatement sa course. Nous voguons maintenant vers la Grèce. Notre prochaine escale est à Délos : c'est une petite île, absolument déserte, sans un arbre, presque sans un brin de verdure, mais c'est, selon la tradition, ne l'oublions pas, le berceau d'Apollon. L'école française d'Athènes a produit là une œuvre grandiose, dont nous avons lieu d'être fiers, en exhumant toute une ville antique avec ses maisons, ses temples, ses œuvres d'art, son lac sacré et son avenue des lions. M. Maurice Holleaux, directeur de l'école d'Athènes, informé de notre visite, est venu exprès à Délos, pour nous guider au milieu de ces ruines imposantes, précieux témoins d'une suite de civilisations disparues.

Le temps me manque pour vous parler de nos escales suivantes : au village turc de Ténédos, célèbre depuis Ulysse, à l'île des Princes, sur la

Constantinople. — Mosquée du Sultan Ahmed.

mer de Marmara, lieu de villégiature préféré des riches Ottomans. Deux heures après avoir quitté la jolie petite ville de Prinkipo, noyée dans la verdure, l'*Ile-de-France* défilait devant la rangée des mosquées et des minarets de Stamboul pour aller jeter l'ancre devant Galata.

L'arrivée par mer à Constantinople est certainement l'une des plus belles choses que l'on puisse voir; lorsqu'on a franchi l'entrée du Bosphore et dépassé la pointe du Vieux-Sérail, lorsque tout à coup s'ouvre la Corne-d'Or, c'est un véritable émerveillement pour les yeux.

J'avais déjà fait, dix-huit mois auparavant, un premier séjour à Constantinople; c'était alors sous le règne de l'ancien sultan, du temps des vieux turcs, j'étais curieux de juger, par moi-même, si le régime nouveau avait déjà apporté des modifications sensibles, soit à l'aspect de la ville, soit aux mœurs administratives et policières ; sur ce dernier point, j'ai pu constater un changement complet.

Lors de mon premier séjour, dès notre arrivée en rade, la police s'était emparée de notre navire, pour débarquer il avait fallu produire papiers et passeports en règle, dans nos promenades nous avions l'impression que nous étions étroitement surveillés, enfin l'entrée de quelques mosquées seulement nous avait été accordée. Cette fois aucun agent de police ne s'est montré, nos passeports sont restés tranquillement dans nos poches, et, en débarquant, au lieu de gendarmes, nous avons trouvé deux aimables repré-sentants du Préfet de Constantinople, venus, au nom du Gouvernement, nous convier à un banquet improvisé pour le soir même en notre honneur. Nous nous sommes rendus à cette gracieuse invitation, et nous avons trouvé réunis, avec les ministres de l'Intérieur, des Finances, du Commerce, de l'Instruction publique et des Affaires étrangères, les principaux dignitaires de l'empire Ottoman, qui nous ont manifesté les excellents sentiments de la jeune Turquie vis-à-vis de la France.

Notre ambassadeur, M. Bompard, présent au banquet avec de nom-breux membres de la Colonie française, s'est fait notre interprète, à l'heure des toasts, pour remercier les organisateurs de cette manifestation si cour-toise à l'égard de notre Patrie. Si les Ulémas et les grands chefs de la reli-gion musulmane ont, en même temps que le sultan, perdu quelque peu de leur autorité despotique, les préceptes du Coran n'en continuent pas moins à être fidèlement observés : or le Coran prohibe l'usage du vin, principale-ment en temps de ramadan, donc pas une goutte de vin ne nous a été offerte durant le repas, d'ailleurs servi à la française (sauf deux plats que nous avons unanimement laissés sur nos assiettes), et c'est avec des verres de limonade que nous avons bu à la santé du Sultan et du Président de la République.

Nos amis, les jeunes Turcs, sont animés des intentions les plus louables, ils veulent faire cesser les abus, réformer les finances et donner au peuple un peu de sécurité et de liberté. Réussiront-ils ? leur tâche est ardue, bien des difficultés, bien des résistances sont à vaincre ; dans tous les cas, rendons-leur cette justice, ils ont déjà beaucoup travaillé ; nombre d'entre-eux ont fait leurs études en France, tous ont à cœur de relever leur Patrie, en y faisant triompher les idées libérales d'Occident. Souhaitons-leur le succès.

Je vous ai dit que nous étions en temps de ramadan. Le ramadan, vous le savez, c'est le carême des Musulmans; pendant sa durée il est interdit, par le Coran, d'absorber aucun aliment entre le lever et le coucher du soleil. Le soir on se rattrape, une foule bariolée grouille dans les rues de Stamboul, tous les cafés sont encombrés. Les mosquées, les minarets sont illuminés, c'est, du grand pont de Galata, un spectacle féérique. Autrefois

Mosquée de Sainte-Sophie à Constantinople.

il eut été dangereux, pour les touristes, de circuler le soir dans Stamboul sans escorte, dans tous les cas impossible de pénétrer dans les mosquées; cette fois nous avons pu aller partout librement, en toute sécurité, nous avons pu même assister, dans Sainte-Sophie, aux imposantes cérémonies de l'Islam. Toutes les mosquées nous ont été ouvertes, en nous conformant simplement à la formalité habituelle, se déchausser ou passer des sandales par dessus ses chaussures. Nous avons même visité la mosquée d'Eyoub, la mosquée sainte où est enfermé le sabre du prophète, jusqu'ici strictement interdit à tous les étrangers ; notre guide, un Grec, encore imbu des anciens usages, était tout tremblant d'une pareille audace.

Je ne puis vous faire une description de Constantinople, cela m'entraînerait beaucoup trop loin. Nous n'avions que deux jours à y passer, nous.

les avons employés à revoir ses monuments et ses cimetières, à parcourir le vieux bazar et les anciens quartiers turcs si intéressants à tous égards. Rien de changé d'ailleurs dans l'aspect de la ville, toujours fort peu de femmes dans les rues, celles que l'on rencontre continuent à être soigneusement voilées; par contre, toujours autant de chiens chargés de l'enlèvement des ordures; il paraît que depuis peu on les a relégués dans une île voisine, espérons qu'on a en même temps amélioré le service de la voirie.

Cimetière d'Eyoub.

Une après-midi a été consacrée à la visite d'Yldiz-Kiosk, l'ancienne résidence du sultan; c'est une suite de petits palais disséminés dans d'immenses jardins, le tout est en somme assez peu intéressant, le palais principal, occupé en dernier lieu par le harem impérial, n'était pas encore visible, l'inventaire du somptueux mobilier n'étant pas terminé.

Le 22 septembre, l'*Ile-de-France* quittait son mouillage devant Galata et s'engageait dans le Bosphore, marchant à petite allure pour nous permettre d'admirer les rives célèbres du détroit. Notre vapeur fit escale à Thérapia, résidence d'été de l'ambassadeur de France, où M. et Mme Bompard nous avaient conviés à prendre le thé au passage; l'après-midi passée dans cet éden de verdure, chez des hôtes aimables, qui avaient organisé une garden-party en notre honneur, nous a laissé à tous un charmant souvenir.

Le soir, nous pénétrions dans la Mer Noire et le lendemain nous débarquions en Roumanie, à Constantza. On nous avait bien dit que nous serions cordialement reçus par les Roumains, mais nous ne pouvions nous attendre à la réception enthousiaste qui nous a été faite. A notre arrivée à Constantza, toute la ville était réunie sur les quais pour nous acclamer; tout le port, les navires de guerre et de commerce étaient pavoisés. Le Comité roumain, organisé pour la réception des touristes français, était venu de Bucarest avec les représentants du Gouvernement pour nous saluer à notre arrivée.

A peine débarqués, on nous fît visiter le port. Le port de Constantza, de création récente, fait le plus grand honneur à l'esprit d'initiative du Gouvernement roumain. Pays essentiellement agricole et, de plus, forestier et minier, la Roumanie devait s'inquiéter de faciliter l'exportation de ses céréales, de ses bois et de ses pétroles; elle était obligée d'emprunter la voie sinueuse du Danube, et son commerce se trouvait trop souvent interrompu en hiver par la congélation du fleuve. Aussi dès l'annexion de la Dobroudja, en 1878, elle résolut la création d'un grand port sur la Mer Noire, relié par voies ferrées avec toutes les parties du pays. Merveilleusement aménagé, le port de Constantza a contribué, pour une large part, à la prospérité de la Roumanie qui a pris, depuis trente ans, un développement considérable.

D'énormes magasins ont été construits, pour recevoir les céréales qui y sont entreposées; au moyen de bandes roulantes et de tubes télescopiques les grains passent directement dans les bateaux qui sont ainsi chargés avec une étonnante rapidité. Une autre région du port est affectée au pétrole : six voies ferrées amènent les trains porteurs du précieux liquide; ces trains sont déchargés, à l'aide de tubes flexibles, dans d'énormes récipients cylindriques, d'où le pétrole est aspiré par des pompes qui le refoulent dans les citernes des navires. D'autres installations aussi importantes ont été aménagées pour l'exportation des bois.

Après cette visite fort intéressante, un déjeuner somptueusement servi nous fut offert par la direction des services maritimes, et c'est le verre en mains, au son d'un excellent orchestre indigène, que s'établirent d'affectueuses relations entre Français et Roumains.

Après le banquet, un train spécial nous emporta à destination de

Bucarest. Bientôt nous atteignimes la vallée du Danube, à Gernavoda, où le fleuve est traversé par un magnifique pont, le pont Carol Ier, construit par les forges du Creusot et de Fives-Lille, sur une longueur de 18 kilo-mètres, à 60 mètres au-dessus des basses eaux ; les travaux étaient dirigés par l'ingénieur Saligny, d'origine française, qui nous en fit lui-même les honneurs.

Puis le train nous fit traverser les plaines du Baragan ; ces plaines qui n'étaient, il y a quelques années, qu'un désert pierreux ont été défrichées, elles sont maintenant couvertes de riches moissons ; là pas besoin d'engrais, le sol est d'une étonnante fertilité, le blé, surtout le maïs poussent pour ainsi dire tout seuls.

Il est près de huit heures quand nous arrivons à Bucarest ; plusieurs milliers de personnes nous attendaient à la gare, et c'est au milieu des acclamations et des cris de bienvenue que nous parvenons à gagner nos hôtels. Toute la ville est pavoisée aux couleurs françaises. Mon Dieu ! on a beau ne pas être chauvin, quand on est à l'étranger et que de toutes les bouches on entend sortir les cris de vive la France on ne peut s'empêcher d'éprouver un sentiment de joie et de fierté.

Le soir même, nous étions conviés à un banquet par les membres de la Colonie française ; nous nous y sommes tous rendus malgré la fatigue du voyage, heureux de nous retrouver avec des compatriotes ; au dessert, de nombreuses dames sont venues offrir à leurs sœurs de France des sou-venirs de Roumanie, notamment de merveilleuses broderies. Puis, dès le premier jour, on voulut nous faire connaître une des plus attrayantes curiosités du pays ; un rideau se leva an fond de la salle du festin, et une scène apparut remplie de tziganes et de paysans en costumes qui exécutèrent devant nous les danses traditionnelles de Roumanie et nous firent entendre un concert des plus savoureux.

Le programme du lendemain comportait une visite à deux industries d'un intérêt considérable pour la Roumanie ; nous devions nous rendre à la mine de sel de Slanic et aux exploitations pétrolifères de Campina. Le sel et le pétrole abondent dans les Carpathes.

Un train spécial nous porta jusqu'à la mine qui appartient à l'Etat ; elle est toute en profondeur, à 150 mètres au-dessous du sol. Un ascenseur géant nous descendit dans l'antre en quelques minutes, et nous nous trou-vâmes dans un monde de rêve, au fond d'une nef immense, sur le sol d'une cathédrale aux arceaux gigantesques taillés dans un bloc de sel. Des lampes électriques suspendues çà et là éclairaient cette caverne des mille et une nuits. Des scies mécaniques et des pics maniés par une centaine d'ouvriers taillaient dans le sol des gradins, puis des pavés d'un sel blanc et pur, dont près de 80,000 tonnes sont expédiées par an par la mine que nous visitions. Un peu plus loin, un déjeuner de 3oo couverts était servi par les soins du Ministre des Finances; on n'avait oublié qu'une chose, du sel sur les tables, mais nous n'avions qu'à nous baisser pour en ramasser. Une musique militaire avait été amenée au fond de la mine pour égayer le festin, terminé, comme toujours, par les toasts les plus chaleureux.

A deux heures, notre train quittait Slanic pour nous conduire à Campina, au centre des exploitations de pétrole. Nous devisions gaiement dans nos wagons, lorsque tout à coup un choc violent se produisit, suivi d'un arrêt brusque; tout l'avant du train venait de dérailler, trois voitures renversées sur la gauche restaient suspendues le long d'un ravin, les roues en l'air. Une épouvantable catastrophe était à craindre, grâce au Ciel il n'en a rien été; ceux de nos compagnons de voyage, qui se trouvaient dans les wagons renversés, en furent quittes pour quelques contusions sans gravité. Tous, unanimement, nous décidâmes de continuer l'excursion, il nous fallut seulement gagner à pied la gare voisine d'où un train de secours nous emmena à Campina.

Il y a là une vingtaine de sociétés qui ont creusé de nombreux puits ; une seule de ces sociétés est française, toutes les autres marchent à l'aide de capitaux allemands. A côté des puits ont été créées de grandes usines pour la distillation de l'huile minérale; malgré l'heure avancée, nous les avons visitées, sous la conduite du Président de l'Association des Industriels du pétrole, et nous avons pu suivre toutes les opérations, depuis l'arrivée du liquide à l'usine jusqu'à la séparation des diverses espèces chimiques et au traitement des résidus. Nous avons vu naître les benzines, les pétroles légers, nous avons assisté à la fabrication de la paraffine et, enfin, au chargement de tous ces produits dans les wagons citernes qui les transportent au port de Constantza. Une diner offert par les sociétés pétrolières a clos cette journée bien employée.

Après cette excursion, un peu de repos s'imposait; nous avions notre quartier général à Bucarest, il fallait visiter la ville et ses monuments et nous instruire de tout ce qui a été fait pour le développement intellectuel de la nation. Sous la direction des guides les plus autorisés, nous avons parcouru les musées, les églises, les établissements publics, recevant partout l'accueil le plus empressé, et pénétrant ainsi dans la vie même de la capitale.

Bucarest est une grande et belle ville de 300,000 habitants, très gaie, très animée, avec de beaux boulevards et de superbes magasins; tous les monuments publics sont modernes, ils ont été construits avec un luxe qui prouve la richesse du pays, richesse qui s'accroît de jour en jour. Impossible de trouver une population plus aimable, toutes les classes de la société s'unissant pour laisser au cœur des touristes français une impression favorable à leur pays.

Types et costumes Roumains.

M. Alexandre Lohovary, ministre de Roumanie en France, avait convié un certain nombre d'entre nous à une fête charmante, à un déjeuner où nous nous sommes rencontrés avec les principaux hommes d'État de la Roumanie ; tous nous ont dit combien ils seraient heureux de voir s'augmenter les rapports commerciaux entre nos deux nations et se resserrer les liens d'amitié qui ont de tout temps uni la France et la Roumanie.

Les mêmes vœux nous étaient répétés le soir au cours d'un banquet organisé par la Société roumaine pour l'avancement des sciences, et suivi, comme toujours, d'un concert dans lequel il nous a été donné d'entendre les artistes indigènes les plus renommés

Le lendemain matin, nous prenions le train pour Sinaïa. Compris dans la zone boisée de collines et attenant à la haute montagne aux sommets neigeux, ce site est l'un des plus délicieux des Carpathes; le roi et la reine de Roumanie y résident en été, beaucoup de grandes familles de Bucarest s'y réfugient également pendant les grandes chaleurs ; dans la verdure de ce grand parc montagneux, au milieu des massifs de fleurs, s'élèvent d'élégantes villas et de superbes hôtels. Sous la vérandah de l'un de ces hôtels, nous nous sommes tous réunis pour entendre une conférence de M. Auguste Dorchain, qui devait nous parler des œuvres de Carmen Sylva. Vous jugez de l'enthousiasme des touristes lorsqu'on vit arriver la reine elle-même, venant assister à la conférence. Quelle noble figure que celle de Carmen Sylva, dont la popularité est immense en Roumanie ! Gracieusement, elle nous invita à visiter sa belle résidence du château de Pélesch ; vous pensez bien que c'est avec joie que nous nous sommes rendus à cette invitation. Puis, par le chemin de fer, nous avons gagné la haute montagne jusqu'à Prédéal, et, franchissant la frontière de Hongrie, nous avons contemplé le magnifique panorama des Alpes de Transylvanie.

Notre dernière excursion dans les Carpathes avait un double but : visiter la célèbre église du monastère de Curtea-de-Argès, type de l'architecture romano-byzantine, et parcourir une région montagneuse et pittoresque, où de magnifiques forêts sont l'objet d'une exploitation importante. De Bucarest nous nous dirigeons, par la grande ligne de l'Europe centrale, sur Pitesci, où nous sommes reçus au son de la *Marseillaise*, jouée par des orchestres, chantée par des orphéons. Deux heures plus tard, l'archevêque métropolitain de Curtea-de-Argès nous accueillait dans le sanctuaire même du vieux cloître : ce monument aux formes bizarres, avec ses colonnes en torsade, a été construit au xvie siècle, mais restauré avec un goût exquis par notre grand artiste, Leconte de Nouy ; c'est une merveille d'art un peu étrange, mais d'un charme infini. Naturellement un déjeuner suivit notre visite; Sa Grandeur l'Archevêque voulut bien y prendre part, après s'être aimablement livré aux objectifs des nombreux photographes de la croisière. On avait eu l'idée de faire venir des montagnes voisines les plus habiles chanteurs, des jeunes gens, des jeunes filles connues pour leurs talents chorégraphiques, et tandis que s'entrechoquaient les coupes à champagne, musiciens et danseurs nous charmaient par leurs chants et leurs danses pleines d'expression.

Bientôt nous prenions place dans les wagons rustiques de la Société des Scieries de l'Argès, et notre train, tout décoré de verdure et d'oriflammes, nous emportait vers la grande montagne, au milieu de superbes forêts. Çà et là le paysage s'ouvre, laissant s'apercevoir au loin le long rideau des Carpathes. A chaque éclaircie, nous faisons halte. Les pâtres des hautes vallées environnantes sont réunis dans leurs plus beaux costumes : au son des musettes et des fifres, ils forment des rondes savantes ou de gracieuses farandoles de l'effet le plus charmant. Il nous semblait sortir d'un rêve quand, le soir, nous sommes rentrés à Bucarest.

Danses roumaines — haute vallée de l'Argès.

Le lendemain, nos amis roumains nous entouraient à la gare pour nous faire leurs adieux, mais la plupart des membres du Comité devaient nous reconduire jusqu'à la mer Noire.

Nous prenions le train jusqu'à Giurgavo, une heure après nous arrivions au Danube. Le roi avait eu la gracieuse pensée de mettre son yacht à notre disposition pour gagner Braïla où devait nous attendre l'*Ile-de-France*; une musique militaire était même à bord pour nous distraire durant la descente du Danube, forcément un peu monotone. La traversée ne nous

parut pas longue cependant; toute la journée se passa à admirer la tran-
quille beauté du fleuve et ses rives plantureuses.

Nous étions entourés ou croisés par de petits vapeurs frétés par les rive-
rains pour venir au-devant de nous et nous faire escorte; d'un bord à l'autre
se répondaient la *Marseillaise* et l'*Hymne roumain* pendant que s'entre-
croisaient saluts et remerciements. Enfin, vers minuit, nous arrivions à
Braïla; là, les docks, les navires, les magasins du port étaient illuminés,
toute la ville s'était, malgré l'heure tardive, portée à notre rencontre, et c'est
seulement après avoir été salués par des hourras frénétiques, que nous avons
pu aller prendre à bord de notre *Ile-de-France* un repos bien mérité.

Il nous fallut encore toute une journée pour gagner la mer Noire à
Sulina, après une dernière halte aux pêcheries de l'Etat, sur le lac Bratesh.
Que de souvenirs nous emportions de notre séjour en Roumanie!

De Sulina, en une nuit, on atteint Sébastopol. Notre premier soin, en
débarquant le matin, est de gagner les hauteurs de la ville pour contempler
ses environs demeurés célèbres depuis son héroïque résistance aux armées
assiégeantes, le Mamelon vert, les collines de Malakoff, les rochers d'In-
kermann; le paysage est demeuré triste et morne, le pays est désert, l'herbe
pousse à peine sur la terre argileuse, on se croirait encore au lendemain du
siège. Suivant une pieuse coutume, après avoir visité la cathédrale Saint-
Vladimir, le seul monument intéressant de la ville, nous allons déposer des
couronnes au cimetière russe et au cimetière français sur les tombes des
soldats morts au champ d'honneur; les deux cimetières, situés aux deux
extrémités de la place de guerre, sont admirablement entretenus et laissent
une profonde impression.

Le lendemain matin, nous quittions Sébastopol en voiture pour gagner
Yalta par la magnifique route en corniche qui, depuis la porte de Baïdar,
suit la côte de Crimée et descend à Livadia, la résidence d'été du tsar Nico-
las II; il était là au moment de notre passage, aussi le domaine impérial
était-il gardé par d'innombrables cosaques.

Le soir, nous arrivons à Yalta, où nous retrouvons l'*Ile-de-France*,
ancrée à côté du *Standard*. Yalta est une charmante ville balnéaire où se
donnent rendez-vous, durant la saison d'été, le monde diplomatique et les
riches boiards du Caucase et de l'Oural; toute cette côte méridionale de
Crimée est merveilleuse, nous l'avons suivie en naviguant à petite vitesse
jusqu'à Féodosia, jouissant tout le temps d'un panorama admirable.

Mais nous sommes parvenus au point extrême de notre voyage, il nous faut maintenant virer de bord et prendre le chemin du retour.

Nous ne pouvions cependant passer devant la Bulgarie sans y faire au moins une excursion ; les Bulgares, ayant appris la réception qui nous avait été faite en Roumanie, voulaient aussi nous fêter. Nous nous arrêtons donc à Varna, leur grand port sur la mer Noire; malgré l'heure matinale et une pluie torrentielle, la population, prévenue de notre arrivée, nous attendait sur les quais, ayant à sa tête le Ministre de l'Instruction publique et le Ministre de Bulgarie à Paris, chargés par la reine Eléonore de nous inviter à aller l'après-midi prendre le thé en son château d'Euxinograd. La matinée fut consacrée à une excursion dans l'intérieur du pays à Provadia, à Dovna, aux sources jaillissantes et à la forêt pétrifiée; j'avoue que, par suite du mauvais temps je n'ai pas fait cette promenade, et que j'ai préféré, quand la pluie a bien voulu cesser, visiter la ville de Varna qui en vaut la peine. Ce qui m'a le plus frappé, c'est le nombre des écoles de garçons et des écoles de filles, dont les hautes façades attirent les regards; partout on y trouve une installation modèle qui fait le plus grand honneur à cette jeune nation; on sent qu'on est en présence d'un peuple actif et laborieux qui, après avoir conquis son indépendance, cherche à s'instruire et à devenir à son tour une nation riche et prospère; le développement du port de Varna, où de grands travaux ont été exécutés en ces dernières années, montre déjà l'intensité du progrès si rapidement réalisé en Bulgarie. Le Président de l'Alliance française voulut bien se charger de nous présenter à S. M. la reine Eléonore, qui nous fit l'accueil le plus gracieux, nous exprimant le regret de ne pouvoir nous conserver plus longtemps. Après nous avoir servi, avec l'aide de ses dames d'honneur, un lunch des plus appetissants, elle nous engagea à faire le tour de ses jardins qui descendent jusqu'à la mer ; on nous y montra le fronton du palais de Saint-Cloud que le czar Ferdinand y a fait transporter et réédifier en souvenir de sa famille. Inutile de vous dire que nous avons tous conservé de cette rapide excursion en Bulgarie un souvenir reconnaissant; nous y avons goûté le charme d'une hospitalité simple et cordiale.

Il ne me reste plus, pour terminer ces notes de voyage, qu'à vous dire un mot d'une dernière escale à l'île Santorin, l'une des grandes curiosités naturelles de la Grèce.

L'aspect infernal de cette île, avec sa falaise rousse surplombée par les lignes blanches des villages, produit une impression saisissante. Santorin a la forme d'un croissant dont l'intérieur forme sur la rade une falaise à pic de plus de 200 mètres de hauteur. Du petit port où l'on débarque, on monte par un chemin en zig-zag jusqu'à la crête de la falaise que couronnent les maisons de Phira ; ce village de 900 habitants compte deux écoles françaises, l'une de filles, tenue par des sœurs de Saint-Vincent-de-Paul, l'autre, de garçons, dirigée par les Lazaristes. Nous ne pouvons oublier la façon aimable dont nous avons été reçus par ces religieux, ainsi que par l'agent consulaire de France.

Des terrasses de Phira, on jouit de vues magnifiques sur les Kaïménées, îles brûlées aux silhouettes sombres et fantastiques, formées par les scories rejetées par les volcans sous-marins entourant Santorin. La mer, autour de ces îlots, prend des teintes de soufre, les sources chaudes font élever la température de l'eau jusqu'à 40°.

Quatre jours après, nous débarquions à Marseille par un temps splendide. Nous étions tous ravis de notre voyage, et pourtant il n'est aucun d'entre nous qui, en revoyant les côtes ensoleillées de la Provence, ne se soit dit que notre France est encore le plus beau pays du monde.